Enfouis, enfuis, en vie, en vrac. La mémoire choisit ce qu'elle oublie.
Daniel Mermet « Nos années Pierrot »

Nous ne sentons le prix de nos amis qu'au moment où nous sommes menacés de les perdre.
Chateaubriand « Mémoires d'outre-tombe »

Je dédie ce livre aux personnes-phares – aux amis-lumière avec qui l'on a fait seulement quelques pas, ou de très longues balades – celles et ceux qui ont fait nos vies plus vastes, sans qu'ils le voient, et sans que nous ne le voyions toujours nous-mêmes…

F. G.

ISBN 978-2-211-21037-9

Loi n° 49.956 du 16 juillet 1949 sur les publications destinées à la jeunesse : septembre 2011
Dépôt légal : mars 2013
Imprimé en France par Jean Lamour à Maxéville

Édition spéciale non commercialisée en librairie

Fabian Grégoire

LE PHARE DE L'OUBLI

illustré par l'auteur

ARCHIMÈDE
l'école des loisirs
11, rue de Sèvres, Paris 6e

Quand on raconte une histoire, souvent on explique à quel endroit elle se passe.
Pas toujours, mais souvent. Mais là, je ne vais pas vous le dire.
Je vais juste vous parler du phare, sans préciser où il se cache, ni comment il s'appelle.
Je vous le dirai peut-être tout à l'heure…
J'avais onze ans quand mes parents se sont installés juste à côté.
On arrivait de la ville, et moi, à l'époque, je ne savais presque rien de la mer.

«Oh, toi, laisse ça ! C'est à moi !»
Voilà comment j'ai rencontré Lucie.
Lucie : la fille du phare…
«Pourquoi ça serait à toi ?
C'était sur la plage…
– Oui, mais… Tu sais ce que c'est
au moins ? m'a-t-elle demandé.
– Heu… Non…
– C'est un os empoisonné !
Ça va te ronger les doigts !»
Effrayé par cette mise en garde,
j'ai immédiatement jeté
ce drôle de truc blanc
et léger qui risquait
de me brûler la peau.

La fille l'a aussitôt ramassé :
«Moi, j'en ai besoin…
– Mais… Et le poison ?
me suis-je étonné.
– Le poison ? Pfff… Tu crois
vraiment tout ce qu'on te dit,
toi !»

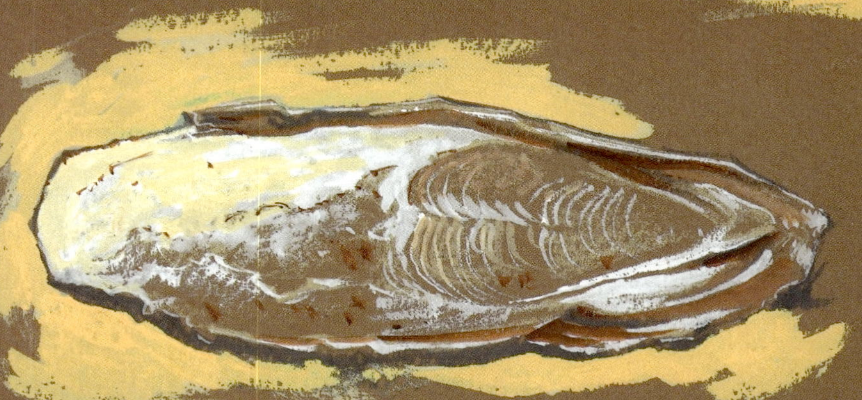

Elle s'est éloignée en direction
de la tour de pierre, en emportant
ma découverte dans son panier.

Je n'étais pas très heureux
de m'être fait berner.
Et pas très fier
de n'avoir pas réagi.
L'air de rien
je me suis donc approché
du mur qui entourait
le phare.

J'ai alors pu entendre la voix de la fille :
« Le temps est au beau ! Même à marée haute, je n'en trouve presque plus…
– Ce n'est pas possible, ma petite Lucie ! Qu'est-ce que je vais faire sans eux ? »
L'homme qui venait de parler semblait âgé.
J'ai eu un peu l'impression de ne pas être à ma place : j'ai préféré m'éloigner…

Dans les jours qui ont suivi, j'ai passé beaucoup de temps sur la plage ou au milieu des rochers.

À marée basse, je m'aventurais pieds nus dans les algues.
Je découvrais des bestioles bizarres, des coquillages aux formes incroyables.
J'ai même vu voler des oiseaux qui m'étaient jusqu'alors inconnus.
Il faut dire que c'étaient les vacances, et que je pouvais me promener toute la journée dehors.

De temps en temps,
je voyais passer Lucie sur son vélo.
Elle allait faire les courses au village
et semblait ne pas me voir.
Je lui en voulais toujours un peu
pour le coup de l'os empoisonné.

C'est justement un jour où elle venait de partir sur sa bicyclette que je suis tombé nez à nez avec ce drôle de bonhomme… Il marchait les mains dans les poches, mais il semblait ne pas savoir où aller. Quand il a remarqué les formes blanches qui sortaient de mon sac, il est venu vers moi en souriant:
«Tu en as trouvé ! C'est merveilleux…»
J'ai pensé un moment que ces drôles de trucs blancs devaient se manger. Qu'ils avaient beaucoup de valeur, ou quelque chose comme ça…
«Mais… C'est quoi au juste, ces machins ? ai-je demandé au vieil homme.

– Des os de seiche ! m'a-t-il répondu. Ce sont des os de seiche…»

Les seiches, je ne savais pas non plus ce que c'était.
Depuis, on m'a expliqué que c'est un animal de la famille des pieuvres, qui vit dans la mer.

«Des os de seiche ?
– Oui, oui ! Des os de seiche…
– Mais ça sert à quoi ?» ai-je osé demander.
Le vieil homme ne m'a pas répondu. Il a regardé l'horizon un moment puis m'a lancé : «Tu m'en donnes un ?»
Ces os de seiche, j'en avais trouvé cinq en quelques jours. Je me suis dit que si ça valait quelque chose, je pourrais toujours en ramasser d'autres plus tard…

«Tenez !» ai-je dit au vieillard en lui tendant l'un des cinq os.
Il l'a pris délicatement et est parti aussitôt en direction du phare, comme hypnotisé…

À ma grande surprise, il a escaladé l'enceinte en pierre et a disparu derrière le mur. Intrigué, je me suis approché et me suis hissé à mon tour sur le granit. Je voulais savoir où était passé le vieil homme.
Ce que j'ai vu alors m'a laissé sans voix… Plantés dans le sable et les herbes, des centaines de petits visages blancs m'observaient ! Ils avaient été taillés dans des os semblables à ceux que j'avais récoltés sur la côte.
Un petit couteau au creux de la main, le vieillard s'était assis sur un tabouret de bois. Il avait déjà commencé à gratter l'os que je lui avais donné.

Captivé par cet étrange spectacle, je n'ai pas entendu le crissement des graviers derrière moi…

«Qu'est-ce que tu fais là ?»
C'était Lucie qui rentrait du village.

Sans attendre, elle a agrippé la sangle de mon sac et m'a tiré violemment en arrière.

Déséquilibré, je suis tombé à la renverse.
Heureusement, le sable a bien amorti ma chute.
«Non, mais… T'es malade ou quoi !?» ai-je
immédiatement rétorqué.
Mais je n'ai rien ajouté. Je me sentais
vaguement coupable d'avoir regardé
par-dessus le mur de pierre.

Lucie a ouvert la porte du jardinet avec une grande clé, elle a rentré son vélo et a refermé la porte derrière elle. Elle semblait vraiment furieuse…

Aussi, quand, au début de l'après-midi, je l'ai vue venir vers moi d'un pas décidé, j'ai bien cru que j'allais encore passer un mauvais quart d'heure.
Mais lorsqu'elle a été plus près, j'ai pu voir qu'elle souriait.
«Je voulais m'excuser pour tout à l'heure… Je n'ai pas été très gentille avec toi…»
J'ai haussé les épaules, sans trop savoir pourquoi.
«Je vais préparer le café pour mon grand-père. Ça te dit de venir en boire une tasse avec nous ?»

Là encore, je ne sais pas pourquoi, j'ai accepté son invitation : nos deux rencontres avaient été plutôt désagréables, et je n'avais vraiment aucune raison de la suivre. Mais il y avait ce phare, et ces étranges figurines en os de seiche… Alors, je l'ai suivie.
Tandis que le grand-père de Lucie continuait de sculpter sa figurine, nous nous sommes installés dans la maisonnette. Le parfum du café flottait dans la pièce. Cachés dans l'ombre, des gravures et des photographies représentant des navires tapissaient les murs. En suivant mon regard, Lucie a compris que j'observais les images.

«Ce sont tous les bateaux sur lesquels mon grand-père a navigué. Il était dans la marine: il a voyagé sur tous les océans! Il est même allé chez les Papous...
– Les Papous?
– Ce sont des gens qui habitent de l'autre côté de la Terre. C'est pour ça qu'il sculpte des têtes.

– Parce qu'il est allé de l'autre côté de la Terre? me suis-je étonné.
– Mais non... C'est le souvenir des masques qu'il a vus là-bas. C'est presque la seule chose qu'il n'ait pas oubliée.»
J'ai bien senti que Lucie était embarrassée.

Elle a fini par me demander :
« Est-ce que quelqu'un d'autre
que toi l'a vu, ce matin sur la plage ?
– Non. Il n'y avait que moi.
Pourquoi ? »
Au bout de quelques secondes,
elle a répondu :
« Personne ne doit savoir.
Sinon on va lui retirer le phare... »
Lucie avait les larmes aux yeux.
Je n'ai rien osé lui demander.
Je ne comprenais pas bien.

Nous sommes restés en silence devant les tasses de café.
Dehors, le vieil homme articulait des mots qui ne voulaient rien dire.
Entre ses mains, un petit visage blanc
était en train de naître.

Quand le soir a commencé à tomber, Lucie s'est levée :
« Il faut que je monte allumer le feu…
– Ce n'est pas ton grand-père, le gardien du phare ?
– Si… Mais, depuis un mois, c'est moi qui fais tout.
Lui, il n'y arrive plus… », a-t-elle répondu tristement.

Elle a commencé à gravir
lentement les escaliers
en colimaçon.
« Je peux venir t'aider ? »
ai-je demandé.
« Si tu veux… À propos,
c'est quoi ton prénom ?
– Je m'appelle Augustin.
– Ah… C'est drôle… »,
a murmuré Lucie.

L'escalier faisait deux tours et demi sur lui-même pour grimper en haut de la tour.
« Ne mets pas tes mains sur la rampe, s'il te plaît, m'a lancé Lucie.
– À quoi ça sert de mettre une rampe si on ne peut pas l'utiliser ?

– C'est comme ça. On ne pose jamais ses mains sur la rampe. Ce serait trop dur après pour faire briller le cuivre…
– C'est bizarre ton histoire !
– Non, c'est juste que, dans un phare, le cuivre doit toujours briller… »

En haut de la tour, l'escalier
de pierre faisait place à une échelle
en ferraille. Celle-ci donnait accès
à une petite pièce ronde,
dont la partie haute était
entièrement vitrée.
« Cette salle, c'est la lanterne »,
m'a expliqué Lucie.
Au centre de l'espace,
sur une colonne de fonte,
une sorte de gros œuf en verre
brillait dans le soleil.
« Voilà l'optique, a ajouté Lucie
avec fierté. Ça sert à concentrer
la lumière de la flamme
pour l'envoyer très loin. »

En disant cela, elle venait de balayer de la main tout l'horizon de la mer.
« Quand tu dis très loin, ça veut dire combien ?

– Ben… Quinze ou seize milles* environ. Mais les grands phares peuvent éclairer à plus de trente milles. Tu sais, l'ingénieur qui a inventé cette optique, il s'appelait Augustin. Comme toi ! »
Je me suis senti tout fier à l'idée que quelqu'un portant le même prénom que moi ait pu inventer une machine si compliquée et si belle…

* Lucie parle en milles marins. 1 mille marin = 1,852 kilomètre.

Lucie est montée sur un tabouret et a délicatement ouvert l'optique : « J'ai nettoyé les verres et la lampe ce matin, et j'ai fait le plein de pétrole. Il ne me reste plus qu'à allumer le brûleur. »

Une autre machine de cuivre se cachait au centre du gros œuf. Elle brillait autant que la rampe de l'escalier ! Lucie a craqué une allumette, et elle a enflammé le brûleur. Elle a protégé ses yeux avec des lunettes à verres fumés, et, après avoir remis en place le verre de la lampe, elle a patiemment réglé la hauteur des flammes en tournant trois petites molettes rondes. « C'est bon, on peut refermer… Il n'y a plus qu'à lancer le manège ! »

Elle a refermé l'optique,
elle est descendue du tabouret,
puis elle a actionné un levier.
Un tic-tac d'horloge a commencé
à résonner dans la lanterne.
Le gros œuf s'est mis à tourner
lentement sur lui-même.
C'était fascinant.
L'odeur du pétrole brûlé
montait à la tête.

«Viens, on va prendre l'air...», m'a lancé Lucie en ouvrant une porte basse qui donnait sur l'extérieur.
C'était la marée montante. Dans l'air frais du soir, le parfum du large et le bruit des vagues battant les rochers s'élevaient tranquillement vers nous.

À mesure que la nuit tombait, le feu brillait de plus en plus dans la lanterne. Appuyé sur la rambarde de la plate-forme, Lucie observait son grand-père qui déambulait dans le jardinet en contrebas.

«Je suis obligée de fermer la porte à clé pour qu'il ne sorte pas, pour que personne ne voie dans quel état il est. Mais quand il n'a plus d'os à sculpter, il ne tient plus en place.

– Mais… Qu'est-ce que tu vas faire ?

– Tant que le phare éclaire normalement, je peux me débrouiller. Mais s'il y a une panne ou un problème, l'inspecteur des phares viendra, et, là, tout sera fichu… », a murmuré Lucie d'une voix lugubre.

Puis elle a ajouté : «Tu sais, quand mes parents sont morts, il m'a recueillie.
Sans lui, je serais allée dans un orphelinat. Maintenant, c'est à moi de m'occuper de lui…»
Une fois la nuit tombée, j'ai quitté Lucie. Elle avait pris l'habitude de dormir
dans des couvertures, à l'intérieur même de la lanterne. De cette manière, si le feu
venait à s'éteindre, elle était certaine de se réveiller.
Triste, je suis rentré chez moi après lui avoir promis de ne rien dire à personne.

Dans les semaines qui ont suivi, aucun jour n'a passé sans que je rende visite à Lucie et à son grand-père. Quand j'apportais quelques os de seiche trouvés sur la plage, j'étais accueilli par des cris de joie. D'autres jours, le vieil homme semblait ne pas me voir. Il restait immobile de longues minutes, le regard comme mort. Sa petite fille lui servait son café, mais, une fois sur deux, il l'oubliait sur la table sans le boire.
«Il est perdu dans ses Papous…», se contentait de me dire Lucie.

Papous ou pas, je grimpais chaque fois à la lanterne. J'y montais les bidons de pétrole pour faire le plein de la lampe et j'aidais Lucie à astiquer les cuivres.

Pour remonter le mécanisme d'horlogerie qui faisait tourner l'optique, elle se débrouillait toute seule : « C'est trop délicat. Je préfère le faire moi-même », m'avait-elle expliqué. Chaque matin, elle passait vingt bonnes minutes à tourner la manivelle pour remonter le contrepoids qui actionnait la machine.

Ainsi, le phare brillait toutes les nuits sans interruption. Mais notre plus grosse inquiétude venait des os de seiche : je n'en trouvais presque plus… J'avais beau arpenter la côte sur plusieurs kilomètres, ma récolte était de plus en plus maigre. Du coup, Lucie avait bien du mal à retenir son grand-père dans l'étroit jardinet.

Le jour où le camion-citerne du service des phares est venu remplir le réservoir à pétrole, elle a réussi à le tenir enfermé dans sa chambre. Elle a dit au livreur que son grand-père était souffrant, et l'agent ne s'est douté de rien. Mais nous sentions bien que la situation était de moins en moins simple…

Avec Lucie, nous pensions qu'une bonne tempête nous apporterait des os de seiche par dizaines. Notre problème serait alors réglé. Nous en étions sûrs…
Aussi, quand, un soir, le ciel s'est bouché et que l'océan est devenu vert sombre, je me suis senti soulagé. Je ne pouvais pas deviner ce qui allait se passer.

À la nuit tombée, j'ai laissé Lucie dans la lanterne et j'ai regagné ma maison. J'avais profité de la basse mer pour aller récolter quelques huîtres, et je ne pensais qu'au bon repas que nous allions faire, mes parents et moi.

Pourtant, quelques heures plus tard, le gros temps est venu me rappeler à l'ordre : vers la fin de la nuit, le hurlement du vent sur les ardoises du toit m'a tiré de mon sommeil…
Je me suis alors glissé jusqu'à la fenêtre du couloir.

Dehors, la végétation était malmenée par les bourrasques. Par-delà la lande, je voyais jaillir des paquets d'écume blanche jetés au ciel par les vagues déchaînées.
Je me suis collé au carreau pour tenter d'apercevoir le phare…
Je n'oublierai jamais ce que j'ai vu alors…

Le phare n'était plus ce solide bâtiment de pierre dressé fièrement face à la mer. Il ressemblait maintenant à un jouet d'enfant, fragile sous les éclairs de l'orage. Dans le paysage déformé par les gouttes qui frappaient les vitres, j'ai soudain vu une vague colossale se jeter sur le phare et le noyer complètement ! Le paquet de mer a englouti la tour, et, l'instant d'après, la petite lumière avait disparu dans les ténèbres…

Je me suis habillé à la hâte, et, sans bien réfléchir, je me suis précipité dehors.
Je n'ai jamais compris comment mes parents ne s'étaient pas réveillés.

Sous la pluie battante, je me suis élancé sur le chemin du phare.
Seule la lumière des éclairs me permettait de deviner la route.
Il n'y avait plus aucun doute possible : le feu de la lanterne était bel et bien éteint !

Penché en avant pour résister aux rafales, je tentais d'avancer tant bien que mal.
Emportés par la tourmente, des débris ont frôlé mon visage…
À peine le temps de songer que je l'avais échappé belle que, tout à coup, le sol s'est dérobé sous mes pas. J'ai senti l'horizon basculer sur ma gauche et, aussitôt après, ma tête a percuté quelque chose de dur. Un noir d'encre s'est répandu autour de moi tandis que des éclats bleutés scintillaient dans mes yeux. C'est la dernière chose que j'ai vue.

Quand j'ai repris mes esprits, le jour était levé. J'ai porté ma main à mon front: j'avais une énorme bosse sur le côté droit du crâne…

Je me suis traîné jusqu'au rivage pour nettoyer ma plaie. La brûlure de l'eau salée a eu tôt fait de me réveiller complètement. J'étais un peu sonné, mais, à en croire mon reflet dans la flaque, la blessure ne devait pas être bien grave.

C'est alors seulement que j'ai repensé au phare.
En levant la tête, j'ai compris tout de suite que rien ne serait plus comme avant…

La lanterne du phare avait été balayée par la vague. J'ai su plus tard que l'eau s'était engouffrée dans l'escalier et avait tout dévasté sur son passage. Heureusement, cette nuit-là, Lucie n'était pas restée à côté de l'optique… Quand je me suis approché, une ambulance était déjà garée devant la porte du jardinet. J'ai vu un infirmier aider Lucie à monter dans la voiture : elle avait le bras en écharpe. Derrière, un monsieur à chapeau mou guidait patiemment son grand-père vers le véhicule. J'ai deviné qu'il devait s'agir de l'inspecteur des phares dont nous avions tant de fois redouté la visite… Tout le monde a cru que le grand-père de Lucie avait perdu la tête cette nuit-là…

Le service des phares a considéré que c'était un accident du travail, et le vieil homme a été recueilli dans un foyer où il a pu finir sa vie tranquillement. Loin de la mer, ses Papous l'ont enfin laissé tranquille.

Le phare a été automatisé et modernisé : l'électricité venait d'arriver au village, et c'était sans doute le bon moment.
Quant à Lucie, je ne l'ai pas vue pendant près de dix ans.
Et puis, il y a quelques semaines, elle est revenue au phare et y a ouvert un bistro.
Tous les matins, je vais y prendre un café bien chaud en regardant la mer.

De l'incroyable collection de son grand-père, il ne reste rien : la tempête et les dix années qui l'ont suivie ont fait disparaître tous les petits visages grimaçants…

Le vrai nom du phare ?
Vous devinez que je ne vous le dirai pas…
Ce que je peux vous révéler en revanche, c'est que Lucie et moi on aurait donné un autre nom à cette histoire.
Nous, on l'aurait intitulée : « Le phare des Papous » !

POUR EN SAVOIR PLUS

Vue fantaisiste du phare d'Alexandrie, XVIIIe siècle.

DU PHARE D'ALEXANDRIE AU GPS

L'apparition des phares coïncide avec le développement de la navigation maritime. Selon la tradition, ce sont les Phéniciens qui auraient érigé la première tour garnie d'un feu destiné aux navires. Elle aurait été installée à Cadix (Espagne actuelle) au IVe siècle avant notre ère. Mais le premier phare dont l'existence soit certaine est celui d'Alexandrie, en Égypte. Bâti sur l'île de Pharos (c'est l'origine du mot phare) sur ordre du pharaon Ptolémée Sôter, il signale aux marins l'entrée du port.

La tour Constance à Aigues-Mortes, qui date des années 1240, est garnie d'une tourelle qui servait de phare pour l'entrée des bateaux dans le port de la cité.

Sous l'Empire romain, l'essor du commerce maritime entraîne la multiplication des feux sur les rives de la Méditerranée : des phares sont implantés sur les côtes de l'Italie actuelle (Capri, Messine, Ostie, Ravenne…) mais aussi en Espagne (La Corogne) et en Grande-Bretagne (Douvres).

En France, la «Tour d'Ordre» construite par les Romains à Boulogne-sur-Mer en l'an 40 serait le premier phare de notre littoral. À la chute de l'Empire romain, le commerce maritime disparaît presque totalement, et les phares avec lui. Si, dans le même temps, des feux commencent à s'allumer sur les rives de l'océan Indien, en Méditerranée et sur le littoral atlantique, il faudra attendre les environs du XIIIe siècle pour voir le début d'un balisage lumineux des côtes françaises. Des phares sont alors allumés à Aigues-Mortes (Gard), à la pointe Saint-Mathieu (Finistère), à Calais (Pas-de-Calais), à Cordouan (Gironde)…

Il s'agit le plus souvent d'une tour de pierre garnie d'une plateforme sur laquelle brûle un imposant feu de bois. Plus tard, c'est le charbon qui va s'imposer ; mais cet éclairage reste artisanal et irrégulier, provoquant des incidents et beaucoup de naufrages.

Ce n'est qu'au début du XVIIIe siècle que les feux de bois et de charbon sont peu à peu remplacés par des réverbères à huile végétale. C'est un grand progrès, mais ce type d'éclairage reste trop faible… La multiplication du nombre de navires impose de trouver des solutions plus sûres pour améliorer la sécurité de la navigation.

Bâti au XVIe siècle, le phare de Cordouan a été agrandi à la fin du XVIIIe siècle et culmine aujourd'hui à plus de 60 mètres de hauteur à l'entrée de l'estuaire de la Gironde.

Le phare de la Pointe des Dames, sur l'île de Noirmoutier, l'un des plus anciens de la Vendée, ne peut pas se visiter. Entré en activité en 1865, il est encore sous gardiennage.

Peu après la Révolution française, la surveillance et l'entretien des phares sont pris en charge par l'État. Les ingénieurs vont alors chercher par tous les moyens à augmenter la puissance des feux et permettre aux marins de reconnaître chaque phare : ils mettent au point les réflecteurs, les optiques en verre, les feux à éclats, les feux colorés, les feux à occultation… Ils expérimentent différents combustibles : huiles végétales, pétrole, gaz de pétrole… Dans le même temps, on essaie de mettre en place un système de balisage commun à tous les pays. Grâce à ces efforts continus, on peut dire que le littoral français est totalement balisé vers le milieu du XIXe siècle.

Vers 1860, les premiers essais de feux électriques ont lieu aux phares jumeaux de la Hève (Normandie). Mais l'électrification coûte alors extrêmement cher, et les lampes de l'époque demandent un entretien délicat. Aussi, il faudra attendre les années 1930 pour que les lampes électriques se multiplient vraiment. Quant à l'automatisation des feux, elle se met en place progressivement dans le but de diminuer le nombre de gardiens nécessaires à la surveillance des phares.

De nos jours, on compte 130 phares sur les côtes de France métropolitaine, et 20 phares dans les départements et territoires d'outre-mer. Presque tous sont automatisés, et bien peu ont encore besoin d'un gardien.

Enfin, l'invention et la mise en place du GPS (Global Positioning System – système de positionnement

Le phare de Ouistreham, bâti en 1905 en granit et peint en rouge et blanc, mesure 38 m de haut.

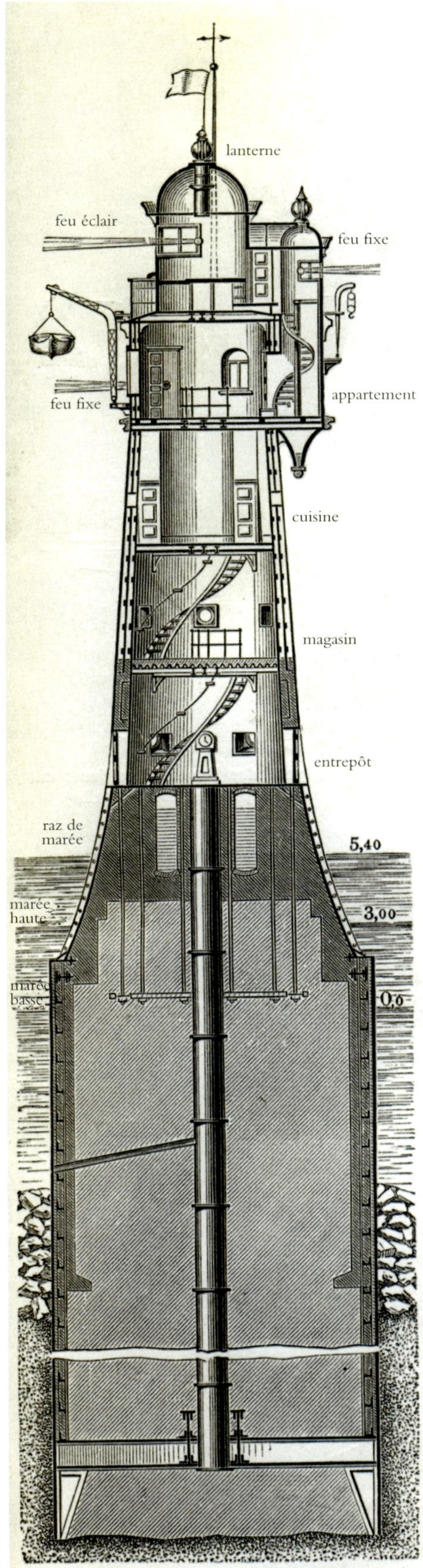

Coupe du phare Roter Sand (sable rouge), mer du Nord, construit entre 1880 à 1885, muni d'une optique Fresnel. Mis hors service en 1986.

Les phares des Baleines sur l'île de Ré. À l'avant-plan, l'ancien phare construit en 1682. Pas assez haut pour les optiques modernes mises au point au XIXe siècle, il a été abandonné. À l'arrière-plan, le nouveau phare bâti en 1854, toujours en service de nos jours.

Le clocher de l'église de Collioure est un ancien phare du Moyen Âge qui indiquait aux marins l'entrée du port. À cette époque, la coupole n'existait pas.

mondial) va peut-être entraîner la disparition des phares : grâce au positionnement par satellite, les navires peuvent aujourd'hui connaître à tout moment leur position exacte par rapport aux côtes, de jour comme de nuit.

Déjà, certains phares en mer commencent à se dégrader. L'homme du XXIe siècle est-il prêt à payer l'entretien d'édifices isolés qui ne lui sont plus indispensables ?

LE BALISAGE DES CÔTES : PAS SEULEMENT DES PHARES...

Depuis que la navigation existe, les marins cherchent à éviter les zones dangereuses et les obstacles immergés. Longtemps, c'est le bouche à oreille qui a fonctionné : ce n'est qu'à la suite d'un naufrage qu'on découvrait l'existence d'un récif, ou à la suite d'un échouage qu'on apprenait à se méfier d'un banc de sable inconnu.

Les gens de mer échangeaient leurs savoirs, ou, au contraire, évitaient d'en parler pour garder un avantage sur leurs concurrents.

Bateau-phare, navire qui reste ancré au même endroit, et dont le pont est garni d'une tourelle sur laquelle brille un feu.

Après l'invention de l'imprimerie, on a pu commencer à diffuser les informations connues : les premiers guides nautiques ont été publiés au XVe siècle. Ils donnaient des indications sur les chenaux à suivre pour entrer dans les ports, sur les points de repère qui existaient sur la côte, sur les dangers cachés qu'il fallait éviter... Mais les informations données étaient souvent fausses ou imprécises. Et, surtout, beaucoup de marins ne savaient pas lire.

Sur le terrain, on cherchait plutôt à signaler les pièges naturels : on plantait des perches de bois dans les bancs de sable, on construisait des bouées en bois et en fer que l'on essayait d'ancrer à l'emplacement des écueils qui étaient invisibles à marée haute. On essayait aussi

Le clocher de la commune d'Ars-en-Ré : l'un des amers les plus spectaculaires de France. La flèche en pierre est peinte en noir et blanc pour améliorer sa visibilité.

Un feu rouge et un feu vert sont installés à l'entrée de tous les ports. Ici au port de Collioure à la frontière espagnole.

d'indiquer les itinéraires sûrs aux marins : par exemple, si, du pont de son navire, le navigateur voyait tel rocher aligné avec le clocher de tel village, il savait qu'il suivait la bonne route pour entrer au port. Ces repères sur le littoral, on les appelle des *amers*. Il peut s'agir d'un clocher, d'une ligne d'arbres, d'une maison isolée. Quand rien ne peut servir de repère pour se guider, on dresse des balises : constructions en maçonnerie, en bois ou en fer qui indiquent un axe, une direction à suivre.

Enfin, dans les sites où l'on ne peut ni construire un phare, ni ancrer une bouée, ni faire confiance à des amers ou à des balises, reste la solution du bateau-phare : c'est un navire qui reste toujours ancré au même endroit, et dont le pont est garni d'une tourelle sur laquelle brille un feu.

Le célèbre phare de la Vieille, dans le Finistère, élevé entre 1882 et 1887 sur le rocher de la Gorlebella (roche la plus éloignée, en breton) à côté de la tourelle de la Plate.

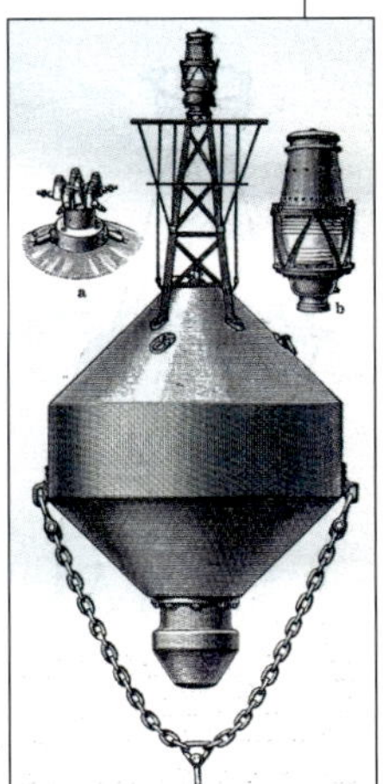

Bouée phare.

L'optique de Fresnel dans la lanterne du phare du cap Fréhel, photographiée en 1970.

AUGUSTIN FRESNEL : LE MAÎTRE DE LA LUMIÈRE

Augustin Fresnel (prononcer Frènèl) est un physicien français. C'est lui qui a mis au point les optiques qui sont utilisées aujourd'hui dans tous les phares du monde.

Né en 1788, il entre à l'École polytechnique à 16 ans, et en sort ingénieur à 21 ans. Grâce à ses recherches sur la lumière, il entre en 1819 à la commission des phares (service administratif dépendant de l'Institut de la Marine et des Ponts et Chaussées).

Dans un premier temps, avec son collègue Arago, il améliore les lampes à huile en associant avec succès plusieurs procédés mis au point par des inventeurs et des scientifiques de son époque. Ils parviennent à installer dans une même lampe plusieurs mèches circulaires abritées sous une cheminée en verre, et dans laquelle l'huile arrive sous pression pour éviter une chaleur trop importante.

Augustin Fresnel, né le 10 mai 1788 à Broglie et mort le 14 juillet 1827 à Ville-d'Avray. Physicien et fondateur de l'optique moderne. Il est le cousin de l'écrivain Prosper Mérimée.

La lumière de cette nouvelle lampe est déjà bien plus forte que celle des modèles utilisés alors dans les phares.

Mais l'invention qui rend Augustin Fresnel célèbre, c'est l'optique tournante. Pour la mettre au point, le jeune ingénieur s'associe avec un opticien au nom prédestiné : M. Soleil… Leur premier modèle est essayé en 1822 sur l'Arc de triomphe à Paris – qui est alors en construction. Les membres de la commission des phares se rendent sur la butte de Montmélian (nord-est de Paris) à 32 kilomètres de la place de l'Étoile. Une fois la nuit tombée, ils constatent que le dispositif imaginé par Fresnel est vraiment efficace.

L'optique de Fresnel est alors installée dans le phare de Cordouan, dans l'estuaire de la Gironde. Le résultat est indiscutable : l'ancien feu était visible à 15 kilomètres. Grâce au dispositif d'Augustin Fresnel, la lumière du phare de Cordouan se voit désormais à 60 kilomètres de distance !

La nouvelle invention révolutionne l'éclairage des côtes. La commission des phares décide d'en équiper rapidement tous les feux de France. Les Britanniques eux-mêmes – première puissance maritime du monde – viennent à Cordouan pour voir ce nouveau système d'éclairage.

Augustin Fresnel est nommé directeur du service des phares en 1824. Il organise l'éclairage des côtes françaises à l'aide de 85 phares, pour permettre la navigation de nuit. Malheureusement, il ne verra jamais son projet terminé : de santé fragile, il meurt en 1827 à l'âge de 39 ans. Pourtant, grâce à lui, la France devient le premier fabricant mondial d'optiques de phare : jusqu'à la Première Guerre mondiale, environ 7 000 phares dans le monde auront été équipés d'optiques de Fresnel fabriquées par l'industrie française. Seule l'électricité viendra apporter une amélioration importante au XXe siècle, en permettant l'utilisation d'ampoules pour l'éclairage, et la suppression des mécaniques d'horlogerie au profit des moteurs électriques pour la rotation des optiques.

En 1970, ce gardien pose avec une ampoule électrique usagée, au phare du Créac'h, à Ouessant.

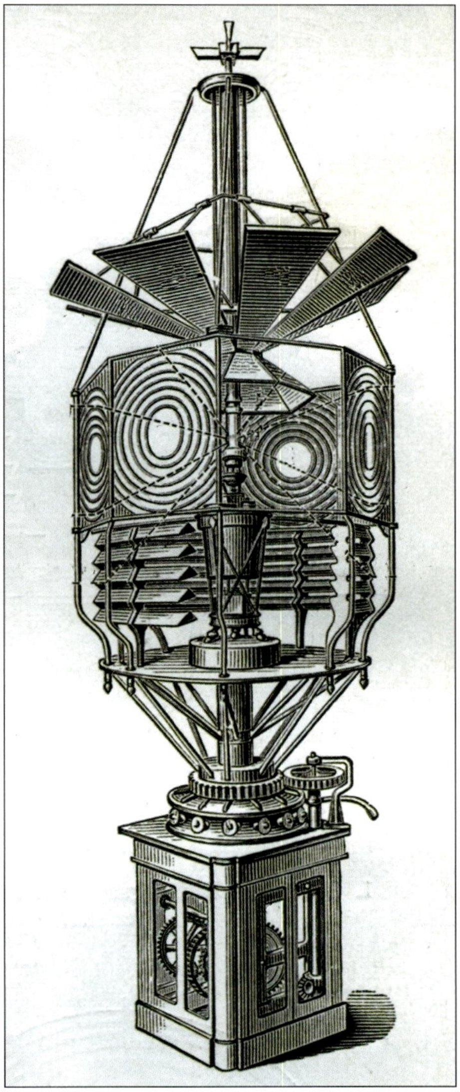

Optique de phare à feu tournant.

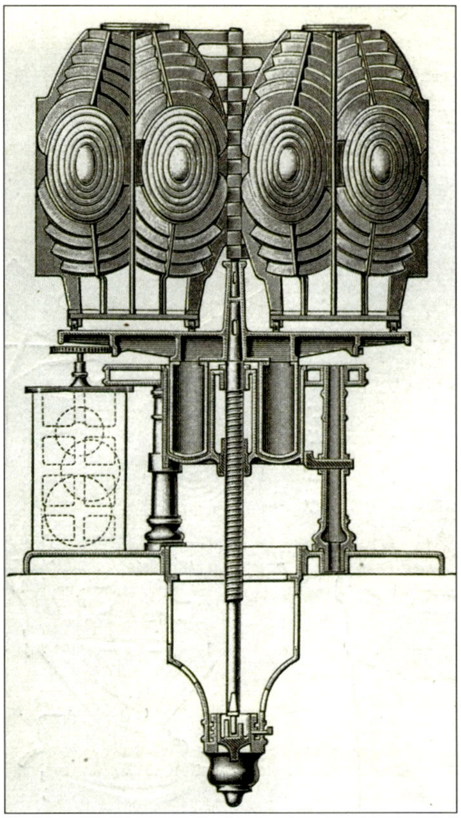

Feu-éclair de premier ordre à éclats réguliers (2 optiques à 4 lentilles).

Lampe de phare installée en 1909 à Makapuu.

Maison sur pilotis au lac Murik, Nouvelle-Guinée. Les Papous y ramassent des coquillages, leur principale source de nourriture dans cette région.

© photo Corbis

ET LES PAPOUS DANS TOUT ÇA ?

Papous, c'est le nom donné aux peuples premiers de la Nouvelle-Guinée : grande île au relief accidenté située au nord-nord-est de l'Australie.

Sillonnée de vallées escarpées qui vont de la mer à la haute montagne (les sommets à l'intérieur de l'île culminent à plus de 4 000 mètres), la Nouvelle-Guinée est un pays à la géographie variée, dans lequel les déplacements sont difficiles. Cela explique l'existence d'environ mille tribus différentes, qui ont chacune leur culture, leur organisation sociale et leur langue. Les spécialistes estiment qu'il existe environ 1 100 langues différentes en Papouasie-Nouvelle-Guinée ; soit un cinquième des langues parlées dans le monde !

La plupart des tribus papoues vivent encore aujourd'hui de l'agriculture, de la chasse, de la pêche et de l'élevage.

Administrativement, l'île est aujourd'hui divisée en deux : la moitié ouest appartient à l'Indonésie, l'autre moitié est un État indépendant baptisé Papouasie-Nouvelle-Guinée.

Papou houli en costume traditionnel. Pont à travers la jungle en Papouasie.

© photo Corbis

Statuette Fly River, Nouvelle-Guinée, Centre Georges-Pompidou, Paris.

Crochet porte-crâne agiba, Les Agiba représentent ainsi les figures originelles du clan.

Charme à magie marupaï, Nouvelle-Guinée, graines contenant des éléments végétaux considérés comme des plantes magiques. XXe siècle. Musée du Quai-Branly, Paris.

Bouclier en bois sculpté, Papouasie, XXe siècle, musée du Quai-Branly, Paris.

Écoliers en costume de fête dans un village bonagai à Kiriwin, en Papouasie.

BIBLIOGRAPHIE

Fichou, Jean-Christophe Le Hénaff, Noël et Mével, Xavier «Phares. Histoire du balisage et de l'éclairage des côtes de France» Chasse-Marée 2006 Douarnenez.

Clerc-Rampal, G. «La Mer. La mer dans la nature, la mer et l'homme» Librairie Larousse 1930 Paris.

Brutti, Lorenzo «Les Papous, une diversité singulière» Gallimard 2007 Paris (Découvertes).

FILM

Lioret, Philippe «L'Équipier», avec Sandrine Bonnaire, Philippe Torreton, Grégori Derangère, Émilie Dequenne. France 2004.